MW00981108

Ce livre appartient à

____

BRADY BRADY

BRADY BRADY

Collection 5 supervedettes

Mary Shaw

Illustrations de ***Chuck Temple***

Texte français de Jocelyne Henri et d'Isabelle Allard

Éditions
SCHOLASTIC

Catalogage avant publication de Bibliothèque et Archives Canada

Shaw, Mary, 1965-
[Romans. Extraits. Français]
Brady Brady collection 5 supervedettes / Mary Shaw ; illustrations
de Chuck Temple ; texte français de Jocelyne Henri et d'Isabelle Allard.

Traduction de : Brady Brady superstar hockey collection.
Sommaire : Brady Brady et l'équipe Alpha -- Brady Brady et la
fille torpille -- Brady Brady et le boute-en-train -- Brady Brady
et la super patineuse -- Brady Brady et la rondelle de collection.
ISBN 978-1-4431-4283-0 (relié)

1. Histoires pour enfants canadiennes-anglaises--Traductions
françaises. I. Henri, Jocelyne, traducteur II. Allard, Isabelle, traducteur
III. Temple, Chuck, 1962-, illustrateur IV. Titre. V. Titre: Brady Brady
collection cinq supervedettes.

PS8587.H3473A614 2015 jC813'.6 C2015-901803-X

Édition publiée par les Éditions Scholastic, 604, rue King Ouest, Toronto (Ontario) M5V 1E1.

5 4 3 2 1 Imprimé en Chine 38 15 16 17 18 19

Table des matières

BRADY BRADY

et le boute-en-train

Brady aime arriver le premier à l'aréna. Il veut accueillir les autres joueurs de l'équipe des Ricochons d'une tape dans la main, à leur entrée dans le vestiaire.

Kevin est toujours le dernier et le plus bruyant.

Au début, les Ricochons s'inquiétaient de le voir arriver après tout le monde. Ils pensaient qu'il ne prenait peut-être pas le hockey au sérieux.

Mais à force de le voir franchir la porte avec un sourire aussi grand que le pôle Nord, ils ont compris que c'était sa façon à lui de faire son entrée.

Nul n'est plus fier que lui de faire partie des Ricochons.

Lors des séances d'entraînement, Kevin est un vrai boute-en-train. Il rend l'entraîneur complètement cinglé, surtout lorsqu'il parle avec son protège-dents dans la bouche. Chaque fois qu'il passe devant l'entraîneur, il lui fait un signe de la main en criant : « Aho! Chalut! »

Kevin dit souvent à l'entraîneur qu'il ne doit pas trop transpirer parce qu'il veut « garder son énergie pour les parties ».

L'entraîneur lui fait alors faire un tour de patinoire supplémentaire.

Brady trouve incroyable que Kevin réussisse à enfiler son équipement en parlant sans arrêt. Sauf, bien sûr, le jour où il a oublié d'enlever ses protège-lames et s'est affalé sur la glace en mettant le pied sur la patinoire!

Même ce jour-là, Kevin ne s'est pas laissé démonter : il s'est remis debout d'un bond et a fait un signe de la main à la foule pour montrer qu'il allait bien.

Au début de chaque partie, Kevin le boute-en-train patine jusqu'aux arbitres, se présente et jase avec eux quelques instants. Parfois, ils doivent le raccompagner jusqu'au banc pour que la partie puisse commencer à l'heure!

Quand il est enfin sur le banc, Kevin, debout, encourage son équipe :

— Allez, les Ricochons! Belle passe! Bravo!

Kevin ne bavarde pas seulement avec ses coéquipiers et les arbitres. Il aime bien patiner à côté d'un joueur de l'équipe adverse en jacassant pour le distraire.

Par exemple, il désigne les gradins en disant :

— Hé! est-ce ta grand-mère que je vois là-bas?

Son adversaire lève alors les yeux et rate la passe.

Non seulement Kevin est toujours le dernier arrivé, mais il est aussi le dernier parti. Il aime discuter du match avec ses copains. Quand tout le monde a quitté le vestiaire, il est encore là, vêtu de son équipement.

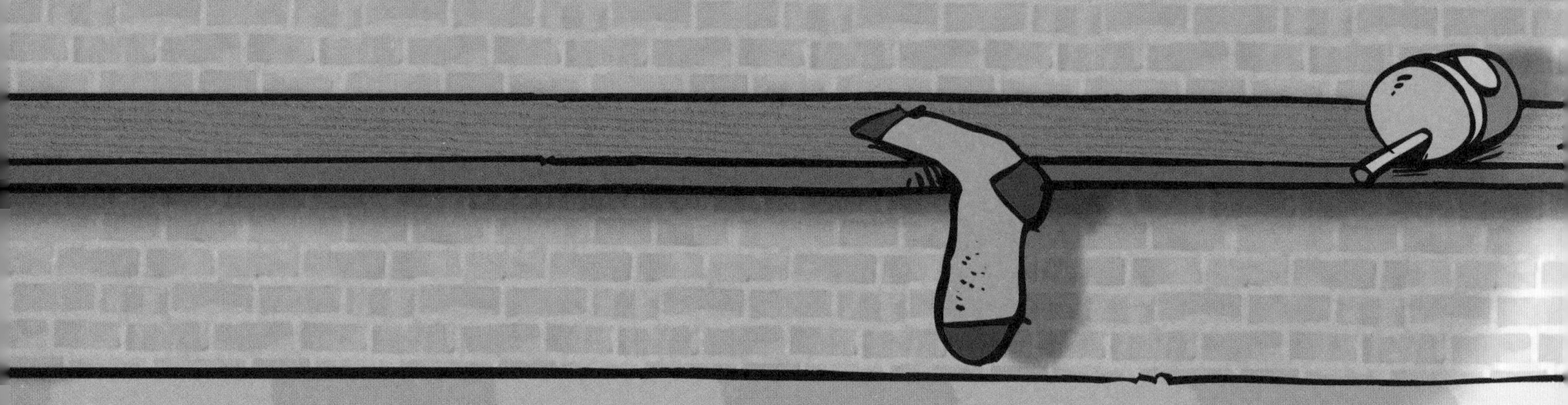

Le soir, dans son lit, Kevin pense au hockey.

Comme son ami Brady, il rêve qu'il fait une échappée. Il file sur la glace, des étincelles jaillissent de ses patins... et il marque le but de la victoire!

Mais, en réalité, Kevin ne marque jamais
le but de la victoire.

Kevin ne marque jamais de buts.

Personne ne sait que cela le rend triste.
C'est son secret.

Un jour, l'entraîneur s'assoit à côté de Kevin et lui dit avec un grand sourire :

— L'entraîneur des Étoiles aimerait que tu joues pour son équipe. Il a besoin d'un centre pour son meilleur trio. Ça me ferait de la peine que tu partes, mais tu serais plus souvent sur la patinoire. Alors, à toi de décider. Tu dois lui donner ta réponse demain.

Pour la première fois de sa vie, Kevin reste muet.

Il va s'asseoir dans le vestiaire pour réfléchir.

— Est-ce que je pourrais quitter les Ricochons? dit-il à haute voix.

Mais personne n'est là pour lui répondre.

Ce soir-là, il rêve encore qu'il fait une échappée. Il file sur la glace, des étincelles jaillissent de ses patins... et il marque le but de la victoire!

Dans son rêve, il fait partie du meilleur trio
de sa nouvelle équipe, les Étoiles. Quand il se réveille,
il se dit que, s'il le voulait, ce rêve pourrait devenir réalité.

Le lendemain, à l'aréna, les Ricochons attendent que Kevin franchisse joyeusement la porte, en retard comme d'habitude.
En voyant l'entraîneur entrer dans le vestiaire au lieu de Kevin, ils comprennent que quelque chose ne va pas.

— Les Ricochons, nous avons peut-être perdu un joueur aujourd'hui, annonce l'entraîneur. Les Étoiles ont demandé à Kevin de faire partie de leur équipe.

Avant de sortir, il ajoute en gloussant :

— Surtout, ne lui faites pas de passe!

Les Ricochons sont stupéfaits. Le vestiaire ne sera plus le même sans Kevin!

Son sac sur le dos, Kevin marche lentement dans le couloir qui mène aux vestiaires. Il regarde d'abord la porte des Ricochons, puis celle des Étoiles.

— J'ai tellement hâte de marquer un but! dit-il...

en s’élançant vers
la porte des Ricochons!

— Je suis làààààà! annonce-t-il en
brandissant son chandail des Ricochons.

Brady et les autres lancent
leur cri de ralliement :

« **On est les champions!**
C'est nous les Ricochons!
Vive notre copain
Kevin le boute-en-train! »

Kevin jase avec les arbitres pendant
la période d'échauffement.
Il s'assure que tout est prêt.

Puis il se fait raccompagner jusqu'au
banc, où il se met à pousser des
cris d'encouragement :

— Allez, les Ricochons!
Continuez! Bravo!

Les Ricochons et les Étoiles jouent une partie serrée, qui se termine à égalité.

Kevin a joué la meilleure partie de sa vie, mais c'est Brady qui reçoit la rondelle du JPU, le joueur le plus utile à son équipe.

Les joueurs des deux équipes se placent en ligne pour se serrer la main. Quand Kevin arrive au bout de la file, il se tourne vers ses coéquipiers.

Brady lui tend la main en disant :
— Tu as joué super bien, Kevin.

— Merci, Brady. Je suis d'accord avec toi!

Ce soir-là, le père de Brady vient lui souhaiter bonne nuit.
— Belle partie, mon gars. Est-ce que je peux voir ta rondelle?
— Non, je l'ai donnée à Kevin, répond Brady. Je pensais qu'il la méritait plus que moi. Après tout, JPU veut aussi dire Jaseur le plus utile! ajoute-t-il avec un clin d'œil, avant de se retourner dans son lit pour rêver au hockey.

BRADY BRADY

et la fille torpille

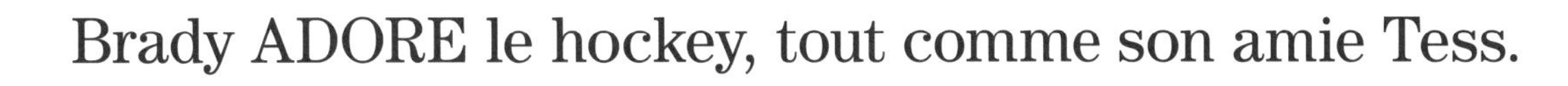

Brady ADORE le hockey, tout comme son amie Tess.

Quand les deux amis ne sont pas avec les autres Ricochons, ils sont habituellement chez Brady à pratiquer leurs lancers sur la patinoire avec Champion.

Brady trouve que c'est fantastique qu'une fille ADORE le hockey autant que lui.

Au début, certains joueurs des Ricochons n'avaient pas très envie qu'une fille joue dans leur équipe. C'était avant que l'entraîneur demande à Tess, surnommée la « torpille », de leur montrer de quoi elle était capable.

Elle avait…

bondi dans les airs,
fait un tour complet sur elle-même,
atterri et décoché un lancer
de toutes ses forces!

Charlie n'avait rien vu venir!
Tess avait toujours détesté ses cours de patinage artistique,
mais ses vrilles ont fini par lui être utiles.
Elle a rejoint les Ricochons, et fait maintenant
partie de l'équipe, comme les autres.

Aujourd'hui, les Ricochons disputent un match contre les Bassets, une équipe très déplaisante.
Brady s'est levé à l'aube.

Il aime être le premier à la patinoire pour
accueillir ses coéquipiers.
Comme d'habitude, Tess est la deuxième arrivée.

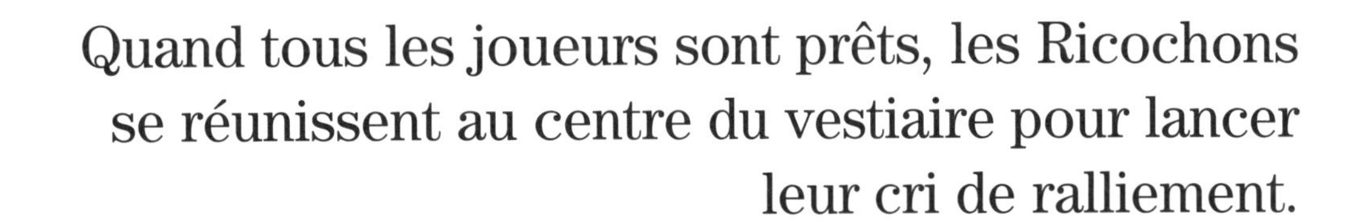

Quand tous les joueurs sont prêts, les Ricochons se réunissent au centre du vestiaire pour lancer leur cri de ralliement.

« **On est les plus forts,**
On est les meilleurs,
On va les avoir…
Ils ne nous font pas peur! »

Les deux équipes prennent position sur la glace. L'arbitre fait la mise au jeu et le match débute. C'est à ce moment-là que les moqueries commencent.

— Que vient faire une fille ici? Retourne chez ta mère! dit un des Bassets d'un ton méprisant.

— As-tu fait une belle boucle avec tes lacets? ricane un autre. Va jouer avec tes poupées!

Brady regarde Tess qui continue à jouer. Elle fait comme si elle n’avait rien entendu.

— Ne les écoute pas, lui dit Brady
en s'assoyant à côté d'elle.
Tu joues aussi bien que n'importe qui ici.

— Ne t'en fais pas, Brady Brady. Je ne vais pas me laisser intimider! répond Tess.

Mais quand elle revient sur la patinoire, les moqueries reprennent de plus belle. Et le ton monte.

— Va faire cuire des biscuits! crie un des Bassets.

— Fais attention de ne pas te casser un ongle! lance un autre.

Les moqueries se poursuivent pendant la première période et une partie de la deuxième. Brady observe Tess. Elle se mord la lèvre inférieure.

Malgré tous ses efforts,
Tess n'arrive pas à ignorer les Bassets.
Elle est incapable de se concentrer. Elle rate
des passes. Elle patine dans la mauvaise direction.
Elle trébuche même sur la ligne bleue!

En voulant exécuter sa vrille,
elle rate son coup, tombe et s'étend de tout son long.
Les Bassets rient encore plus fort.

Dès l'annonce de la fin de la deuxième période,
Tess est la première à quitter la patinoire.

Dans le vestiaire, personne ne sait quoi dire.
L'air abattu, Tess fixe ses patins.
— Je vous ai laissés tomber, murmure-t-elle.

— Pas du tout! Personne n'arriverait à jouer avec toutes ces moqueries! dit Charlie.

— C'est vrai! s'exclament les autres Ricochons.
On réagirait comme toi si on était à ta place.

— Attendez! crie tout à coup Brady. Je viens d'avoir une idée géniale!

— Laquelle? demandent les Ricochons en se regroupant pour écouter le plan de Brady.

Quand les Ricochons reviennent sur la glace pour la dernière période, les Bassets semblent pétrifiés sur place, la bouche grande ouverte. Certains se frottent même les yeux pour s'assurer qu'ils ne rêvent pas.

Les Ricochons ont un nouveau style!
Les joueurs ont tous retourné leur chandail à l'envers,
caché leurs cheveux et barbouillé leur visage.

Impossible de les reconnaître!

— Allons-y! s'écrie Brady.
Les Ricochons passent à l'action. Ils n'ont jamais aussi bien joué… ni autant ri durant un match!

Les Bassets ont cessé leurs moqueries parce qu'ils ne savent pas quel joueur est Tess!

Jusqu'à…

ce qu'elle s'empare
de la rondelle à la ligne bleue,

bondisse dans les airs,
fasse un tour complet
sur elle-même,
atterrisse
et décoche un lancer de toutes ses forces!

La rondelle vole dans le coin supérieur du filet des Bassets, quelques secondes avant la fin du match.

Tess vient de compter le but gagnant!

Les équipes s'alignent pour se serrer la main. Cette fois-ci, les Bassets sont les premiers à sortir de la patinoire, la tête basse.

— Ils sont peut-être partis se trouver une fille pour les aider, dit Brady en riant.

C’est alors que le gardien de but des Bassets
revient sur la patinoire et se dirige vers Tess.
— Super match! lui dit-il.
— Tu veux dire pour une fille? demande Tess.
— Non. Je veux dire que tu as joué un super match.
Et un groupe de têtes rigolotes approuvent
à l’unisson.

BRADY BRADY

et la rondelle de collection

C’est l’après-midi idéal pour jouer au hockey, et la patinoire dans la cour de Brady est l’endroit rêvé.

Brady déneige la patinoire et sort les buts. Il veut que tout soit parfait pour ses amis.

Tout à coup, il a une idée géniale.

Brady entre dans la maison à toute vitesse. Il se débarrasse de ses bottes et de ses gants, et court jusqu'à une pièce dont la porte est fermée.

C'est le bureau de son père. Il est plein de piles de vieux magazines de hockey, de trophées poussiéreux, de cartes de hockey, et de photographies et de programmes dédicacés.

Mais il y a un objet qui a plus d'importance que tous les autres.

Il se trouve dans un coffret de velours doré, en plein milieu du bureau. C'est la rondelle de collection si chère à son père. Une rondelle que son idole, nul autre que le célèbre numéro 4, Bobby Orr, a décochée au but!

Brady a souvent eu le droit de la prendre dans ses mains, mais seulement en présence de son père. Cette fois, c'est différent, pense-t-il. Son père serait sûrement d'accord. Après tout, les rondelles sont faites pour jouer.

Malgré cela, sa main tremble en sortant la rondelle du coffret.

Il ressent de la chaleur à son contact. Il faut absolument qu'il la montre à ses amis!

Brady les voit arriver par la fenêtre. Il glisse la rondelle dans sa poche et court enfiler ses patins.

— Hé! les amis, regardez ça! s'écrie Brady en arrivant dans la cour.

Les enfants se rassemblent autour de lui pour regarder la rondelle.

— Qu'est-ce qu'il y a? demande Tess avec un sourire en coin. C'est une rondelle, non?

— Ouais, dit Titan en gloussant. Ce n'est pas la première fois qu'on voit une rondelle, Brady Brady.

— Pas une rondelle comme celle-là, dit Brady. C'était la rondelle de Bobby Orr, un des plus grands joueurs de hockey de tous les temps! Elle est même signée, ajoute-t-il fièrement. Elle appartient à mon père, mais ça ne le dérangera pas si on s'en sert!

À peine sa phrase terminée, Brady a des papillons dans l'estomac. Puis il voit le visage souriant de ses coéquipiers.

Alors, il jette la rondelle sur la glace et patine en tentant d'imiter le style de Bobby Orr. Il fait le tour de la patinoire à toute vitesse en manœuvrant la rondelle avec adresse. Il freine net, et constate avec plaisir que ses amis sont impressionnés.

Le match commence. Les Ricochons sont convaincus que la rondelle a des pouvoirs spéciaux. Charlie dit qu'elle a failli faire un trou dans son gant! Tess dit que son lancer « torpille » n'a jamais été si rapide!

Soudain… Brady fait une échappée!

Il s'élance vers le filet en s'imaginant dans la peau d'un hockeyeur célèbre prêt à marquer le but gagnant. Il vise le coin supérieur du filet… et décoche son lancer!

La rondelle vole…
au-dessus de Charlie,
au-dessus du filet,
puis disparaît dans le plus gros banc de neige de la cour.

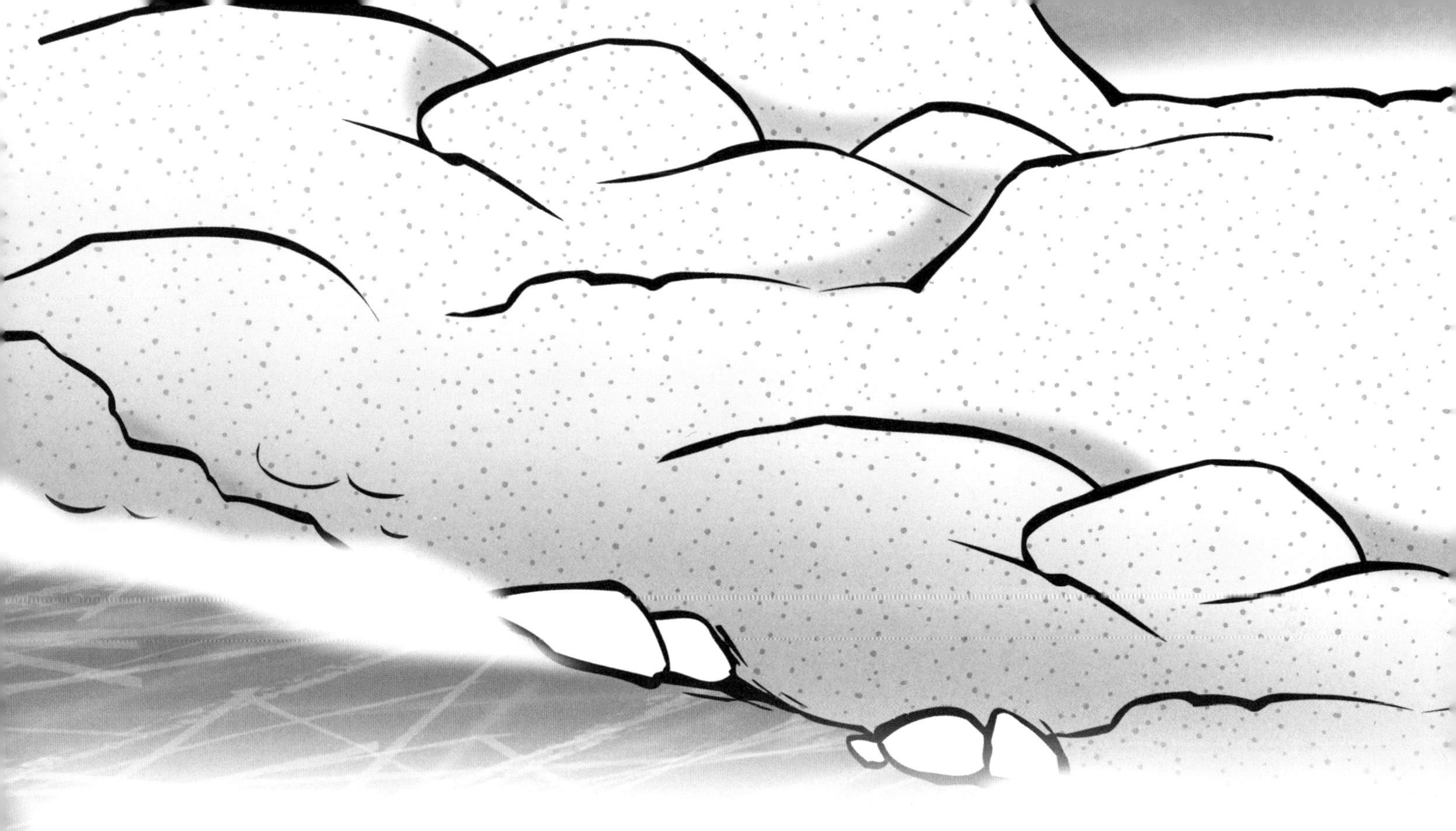

Personne ne bouge. Personne ne parle.

Des gouttes de sueur coulent sur le visage de Brady, mais ce n'est pas son échappée qui en est la cause. C'est plutôt le fait que la rondelle signée par Bobby Orr, si précieuse à son père, est enfouie sous toute cette neige.

Brady et ses coéquipiers, découragés, regardent l'énorme banc de neige qui a englouti la rondelle.

— Dépêchons-nous de la retrouver! dit Brady. Les lampadaires de la rue sont allumés; mon père va bientôt rentrer.

Les joueurs cherchent frénétiquement la rondelle en faisant voler la neige en tous sens.

Épuisés, ils s'effondrent dans la neige les uns après les autres.

— Qu'est-ce que je vais dire à papa? se lamente Brady en se cachant le visage dans les mains.

— Tu peux lui dire que Bobby Orr a téléphoné pour récupérer sa rondelle, suggère Titan.

— Tu peux lui dire que tu l'as apportée au magasin pour faire réparer les coupures et les éraflures, propose Charlie.

Brady regarde l'énorme banc de neige. Comment a-t-il pu commettre une telle erreur?

Son père a toujours pris grand soin de la rondelle parce qu'elle est très importante pour lui. Brady n'a pas pensé à ce que son père ressentirait en apprenant que sa précieuse rondelle a été malmenée. Il a seulement pensé à ce que lui-même ressentirait en la montrant à ses amis.

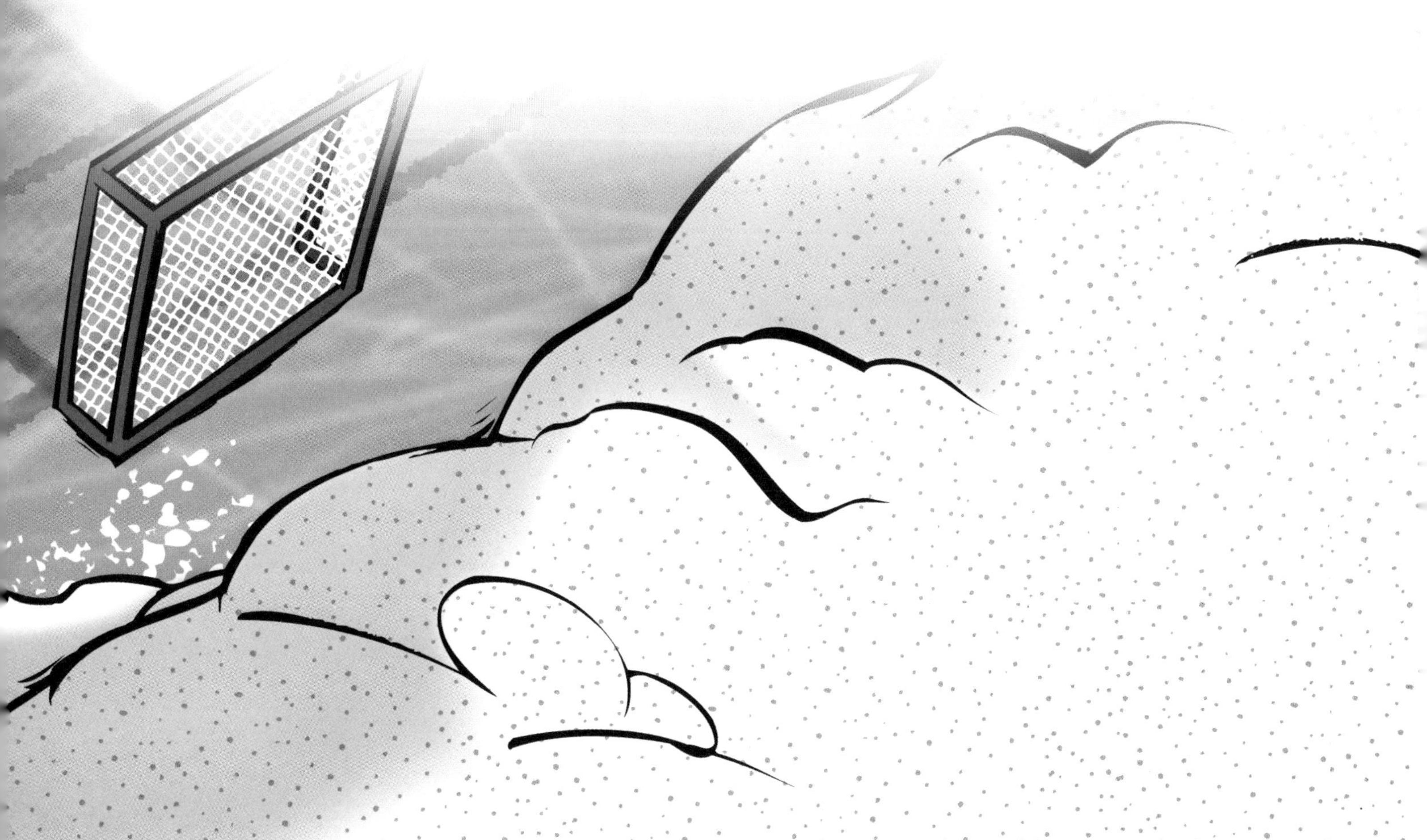

Brady entend l’auto de son père qui entre dans l’allée.
Brady reste figé. Ses amis sont inquiets et se demandent ce qu’il va dire à son papa.
Le voilà qui arrive dans la cour :

— Bonjour, les enfants! Vous vous amusez? demande-t-il.

Personne ne répond. Personne n’ose même le regarder.
Puis une petite voix brise le silence.

— Il faut que je te dise quelque chose, papa, marmonne Brady. Tu ne seras pas content. Tu sais, la rondelle de collection que tu me permettais seulement de regarder? Eh bien, je n'ai pas pu m'empêcher de la prendre...

— Je comprends, Brady Brady, dit son père en souriant. C'est difficile de ne pas la prendre. Elle est tellement spéciale.

— En fait, je ne me suis pas contenté de la prendre, papa, l'interrompt Brady, la gorge serrée. J'ai dit à mes amis qu'on pouvait jouer avec… J'ai décoché un lancer du poignet… et la rondelle a disparu dans cet énorme banc de neige!

Brady et ses amis montrent du doigt le gros tas de neige.

Le sourire de son père disparaît, et il cligne des yeux, incrédule. À cet instant, Brady a bien peur d'avoir trompé la confiance de son père et de lui avoir brisé le cœur.

— Je suis vraiment désolé. Je vais chercher cette rondelle sans m'arrêter, jusqu'au printemps s'il le faut, dit Brady.

— Pour être franc, je suis déçu que tu aies pris la rondelle sans ma permission, dit son père en lui serrant l'épaule. Mais, crois-le ou non,

Brady Brady, le fait que tu m'as dit la vérité est plus important pour moi que n'importe quelle rondelle, même celle-là. Et je vais te dire autre chose. Tu n'auras pas à la chercher jusqu'au printemps. Je vais tout de suite t'aider.

Le père de Brady lui fait un clin d'œil.

— On pourrait commencer en regardant dans la cabane de Champion!

BRADY BRADY

et la super patineuse

Brady a hâte d'arriver à l'aréna. Son entraîneur a promis deux choses à l'équipe des Ricochons : un jeu simulé et un nouveau joueur.

En traversant le terrain de stationnement, Brady remarque une voiture jaune. Il y a beaucoup d'activités à l'intérieur. Brady voit toutes sortes de pièces d'équipement voler dans les airs! Un casque, des gants, des culottes, des jambières, des rondelles et un léotard!

— Un léotard? s'exclame Brady, surpris.

Soudain, la porte de la voiture s'ouvre.

— Dépêche-toi, Caroline, tu vas être en retard pour ton entraînement de hockey, dit la conductrice en laissant tomber un chausson de ballet dans la gadoue.

— Je sais, je sais! Mais mes cheveux sont tout dépeignés! réplique une voix provenant du siège arrière.

Brady voit une fille aux cheveux bouclés sortir de la voiture, un bâton de hockey à la main.

Il se dépêche d'aller lui ouvrir la porte de l'aréna.

— Bonjour, je suis Brady, dit-il fièrement. Mes amis m'appellent Brady Brady.

— Merci, Brady Brady, répond la fille avec un sourire.
Brady sent ses joues devenir toutes rouges.

— Je m'appelle Caroline, ajoute-t-elle. Je vais jouer dans l'équipe des Ricochons.

À leur arrivée dans le vestiaire, l'entraîneur demande à Brady de présenter Caroline au reste de l'équipe.

Brady tape dans la main de chaque joueur qui entre et lui présente la nouvelle recrue. Caroline observe ses coéquipiers et s'assoit à côté de Charlie.

Pendant que les joueurs enfilent leur équipement, Caroline se brosse les cheveux nerveusement.

— Je sais qu'il est important de porter un casque pour protéger mon cerveau, mais ça aplatit mes cheveux, dit-elle en gloussant.

— Ne t'inquiète pas, lui dit Brady. Tout va bien se passer.
Mais Caroline est inquiète.

Une fois sur la glace, Caroline file comme une fusée! Les Ricochons sont surpris de voir à quel point elle patine vite.

— Hé! s'écrie Brady en essayant de la rattraper. Où as-tu appris à être une super patineuse?
Mais Caroline ne répond pas. Elle est trop concentrée.

Ce que Brady préfère durant l'entraînement, c'est le jeu simulé, quand l'entraîneur divise l'équipe en deux groupes.

Brady et Caroline traversent la patinoire à toute vitesse vers le but. Brady fait une passe parfaite à sa coéquipière... mais la rondelle passe à côté de son bâton. Quand Caroline parvient à s'en emparer, elle la frappe en direction du but, mais son tir rate complètement la cible et la rondelle glisse à côté du filet.
— Ce n'est pas grave, lui dit Brady. On va réussir la prochaine fois.

Mais la prochaine fois,
Caroline rate encore le filet.

Et encore.

Et encore!

Brady n'a jamais vu
une personne aussi
malchanceuse.

Même Charlie est désolé
pour elle. Il espère
qu'elle réussira à le
déjouer au moins une fois.

Après l'entraînement, Caroline n'a pas l'air découragée de ses échecs répétés. Elle montre fièrement à ses nouveaux coéquipiers la plus grosse balle de ruban de hockey qu'ils aient jamais vue!

Après avoir enlevé le ruban de hockey de leurs bas, ils le donnent à Caroline. Elle sourit et l'ajoute à sa balle. Elle sent qu'elle va bien se plaire dans l'équipe des Ricochons.

— On se voit demain pour la partie! dit-elle en se dirigeant vers la sortie.

Mais une fois dans la voiture de sa mère, Caroline tortille nerveusement une mèche de ses cheveux. Elle n'est pas certaine d'avoir hâte au lendemain...

Le lendemain, Brady et Caroline saluent Charlie qui grignote du maïs soufflé au casse-croûte.

— Viens, Charlie, c'est l'heure de la partie! dit Brady en riant.

Caroline s’assoit dans un coin du vestiaire. Elle sort lentement ses patins de son sac. Elle paraît nerveuse.

— Hé, Caroline, si on se lançait ta balle de ruban de hockey en attendant les autres? propose Brady pour la distraire.

En aidant Caroline à sortir la grosse balle du sac, Brady remarque un étui à lunettes transparent.

— Je ne savais pas que tu portais des lunettes, lui dit-il.

— Euh... je n'en porte pas, répond Caroline en lui enlevant l'étui des mains. Je m'en sers pour déguiser ma balle.

Elle dépose la balle sur le banc et place les lunettes dessus.

— Tu vois? C'est comme un bonhomme de neige!

Charlie montre la balle du doigt et éclate de rire.
— Hé! elle me ressemble, vous ne trouvez pas?

Caroline s'empresse de ranger les lunettes et de remettre l'étui au fond du sac.

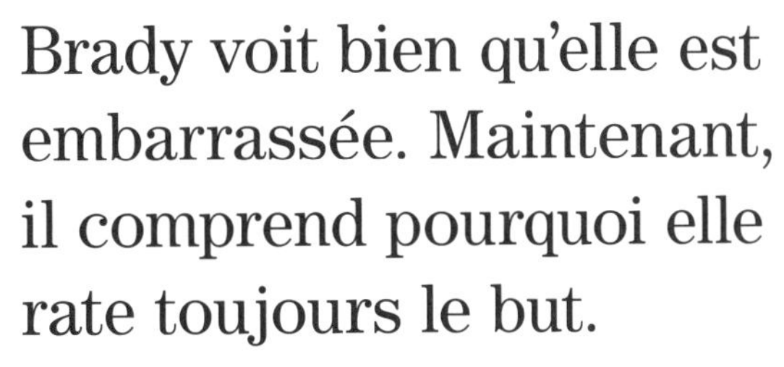

Brady voit bien qu'elle est embarrassée. Maintenant, il comprend pourquoi elle rate toujours le but.

Caroline baisse les yeux.

— Je n'aime pas porter mes lunettes. Dans mon ancienne équipe de hockey, les autres se moquaient de moi.

— Ici, ça n'arrivera pas, dit Brady. Les Ricochons ne se moquent pas de leurs amis.

Charlie hoche la tête en remontant ses lunettes sur son nez.

— Tu es une super patineuse, ajoute Brady. Je parie que si tu portais tes lunettes, tu marquerais un but aujourd'hui!

Caroline se sent beaucoup mieux. Elle plonge la main dans son sac de hockey et en sort ses lunettes.

Après avoir enfilé leur équipement et lacé leurs patins, tous les joueurs se rassemblent au centre du vestiaire et entonnent leur cri de ralliement :

« **On est les champions!**
C'est nous les Ricochons!
Caroline porte des lunettes
et patine comme une comète! »

Vers la fin de la partie, les Ricochons ont un but d'avance. En prenant position pour la mise au jeu, Brady remarque que Caroline a l'air déçue. Elle aurait vraiment voulu marquer un but pour impressionner ses nouveaux coéquipiers.

— On dirait que mes lunettes ne m'aident pas, dit-elle tristement.

Et soudain, ça y est!
Un joueur des Bassets s'empare de la rondelle et fonce vers Charlie. Caroline la super patineuse se lance à sa poursuite.

Le joueur adverse envoie la rondelle entre les patins de Charlie. Les Ricochons regardent, horrifiés, la rondelle glisser leeeentement vers la ligne de but.

Une fraction de seconde
avant que la rondelle ne franchisse
la ligne rouge, Caroline s'élance et
la fait dévier avec son bâton.

La sonnerie retentit.

Caroline a sauvé la partie!

Dans le vestiaire, Caroline chuchote à Brady :
— Merci, Brady. Tu m'as aidé à y voir plus clair!

BRADY BRADY

et l'équipe Alpha

C’est le début d’une nouvelle saison de hockey. Brady trépigne d’enthousiasme. Il est certain que cette saison sera la meilleure des Ricochons.

Comme d'habitude, Brady arrive le premier à l'aréna, suivi de Tess.

Les joueurs discutent de bon cœur dans le vestiaire. Ils ont tous hâte de se retrouver sur la glace. Ils doivent s'entraîner sérieusement, car ils vont disputer leur première partie demain.

Avant de commencer, l'entraîneur présente les exercices au tableau.

— Écoutez tous! lance-t-il. Chacun d'entre vous doit contourner les cônes le plus vite possible, avant de filer par ici, puis par là. Ensuite, vous ferez une passe à un autre joueur qui lancera en direction de Charlie. Attendez une minute! Où est Charlie?

Tout à coup, le silence se fait dans le vestiaire. Comment les Ricochons vont-ils s'entraîner sans gardien de but?

— Je crois qu'il va falloir annuler cette séance, dit l'entraîneur en secouant la tête.

— Attendez! dit Brady. Peut-être que l'un de nous peut le remplacer dans le filet?

— Oui, approuve Tess. Je vais aller chercher l'équipement de rechange.

Tout le monde pousse un soupir de soulagement. L'entraînement ne sera pas annulé.

Titan est le premier à se proposer. Il a déjà gardé des buts au hockey dans la rue. Ce ne doit pas être si différent, se dit-il. Mais il se trompe. La glace est beauuuucoup trop glissante, et l'équipement beauuuucoup trop petit.

Caroline fait ensuite un essai, mais ses lunettes ne cessent de s'embuer. Elle n'y voit plus rien.

Puis c'est le tour de Tess. Malgré ses virevoltes et ses pirouettes, elle ne réussit pas à bloquer un seul tir.

Quant à Kevin, il passe son temps à bavarder. L'entraîneur finit par lui dire de ramasser les rondelles empilées dans le filet.

Le premier entraînement de l'année est une catastrophe.

Tous les joueurs sont déçus.

Brady et Tess se disent au revoir devant l'aréna lorsqu'ils voient Charlie traverser le terrain de stationnement en courant.

— Je suis en retard, crie-t-il. Excusez-moi!

Il est tout essoufflé et laisse tomber des pièces d'équipement à chaque pas.

— En retard? dit Brady. Mais l'entraînement est terminé. Où étais-tu?

Charlie se penche pour ramasser ses jambières.

— Heu, je... J'avais quelque chose à faire.

— C'était un entraînement important, réplique Brady. On joue notre première partie demain!

— Excuse-moi, Brady Brady. Je voulais vraiment venir, mais je... je me suis réveillé en retard.

Charlie invente toutes sortes d'excuses. Brady se demande bien pourquoi.

Le lendemain matin, le vestiaire est plutôt calme. Tous les joueurs sont nerveux avant la première partie de la saison... surtout après un entraînement aussi désastreux.

Titan fredonne en ajustant ses épaulières. Caroline ne cesse de se brosser les cheveux. Kevin jacasse sans arrêt. Quant à Charlie, il est...

— Qui aimerait garder le filet? demande l'entraîneur en brandissant le bâton du gardien de but.

Il n'y a aucun volontaire.

Les genoux des Ricochons s'entrechoquent et leurs dents claquent lorsqu'ils entrent sur la patinoire. Ils doivent affronter ces casse-pieds de Bassets sans même avoir un vrai gardien!

Les Bassets ne tardent pas à se moquer d'eux.

— Hé, les Ricochons! Vous ne poussez pas votre cri de ralliement? En voici un pour vous!

« **C'est nous les Ricochons,**
les anciens champions!
Sans gardien dans le filet,
les gagnants sont les Bassets! »

Ce jour-là, les Ricochons subissent une défaite... écrasante.
Quelle horrible façon de commencer la saison!

— C'est la faute de Charlie si on a perdu, grogne Caroline.

— Comment a-t-il pu nous faire ça? demande Kevin. Il nous a laissés tomber.

Brady n'aime pas perdre, mais il refuse de croire que son ami a voulu faire du tort à l'équipe.

— Il doit sûrement avoir une bonne raison pour manquer la première partie, dit-il.

Le lendemain, à l'école, Kevin voit Charlie parler à leur enseignante pendant la récréation. Il s'apprête à aller lui dire bonjour, lorsqu'il entend Charlie parler de l' « équipe Alpha ». Charlie mentionne qu'il fait partie de l'équipe et qu'il va participer au championnat.

Kevin est stupéfait.

« Charlie joue dans une autre équipe de hockey? Voilà pourquoi il n'était pas à la partie hier! » se dit-il.

En rentrant à la maison après l'école, Kevin rejoint Brady et lui raconte ce qu'il a entendu. Brady est étonné d'apprendre que Charlie joue pour une autre équipe de hockey. Qu'est-ce que les Ricochons vont faire sans lui? Décidément, cette saison sera LOIN d'être leur meilleure...

Brady a du mal à s'endormir. Il décide qu'il ira parler à Charlie le lendemain matin.

Brady est en train de déjeuner lorsque son chien, Champion, lui apporte le journal.

La photo de Charlie est en première page! Charlie fait vraiment partie d'une autre équipe. Mais l'équipe Alpha n'est pas une équipe de hockey. C'est une équipe qui participe à un CONCOURS D'ÉPELLATION!

Brady s'empresse de téléphoner à son ami.

— Tu participes à un concours d'épellation? Pourquoi n'as-tu rien dit?

— Je ne pensais pas que ce serait nécessaire. J'étais certain de me faire éliminer avant le début de la saison de hockey, répond Charlie avant d'ajouter en chuchotant, et puis, j'avais peur que vous vous moquiez de moi.

— Je trouve que c'est génial, au contraire! dit Brady. Tout le monde pensait que tu faisais partie d'une autre équipe de hockey!

— Je ne ferais jamais ça aux Ricochons, réplique Charlie. Mais qu'est-ce que je vais faire? La finale du concours d'épellation a lieu ce soir. Je suis tellement nerveux! J'espère que je pourrai arriver à temps pour la partie.

— Ne t'inquiète pas pour nous, Charlie, lui dit Brady. On va se débrouiller. Bonne chance!

Brady est impatient. Il a encore un coup de fil à donner.

Cet après-midi-là, l'entraîneur téléphone à tous les Ricochons et leur demande d'arriver plus tôt à la patinoire.

Ils se rencontrent à l'extérieur de l'aréna.

— J'ai bien peur qu'on soit obligés de jouer sans Charlie ce soir, leur dit-il.

Tout le monde s'exclame. C'était donc vrai! Charlie a abandonné les Ricochons

L’entraîneur lève la main.

— Attendez! dit-il. Brady Brady, peux-tu leur expliquer ce qui se passe?

— Charlie est encore un Ricochon, dit Brady. Mais il participe à la finale du concours d’épellation et il a besoin de notre appui.

Les Ricochons courent jusqu'à l'école. Le gymnase est rempli de spectateurs. Quelques enfants sont assis sur la scène, mais un siège est vide : celui de Charlie!

Il est caché dans les coulisses.

— Que-que-que faites-vous ici? balbutie Charlie en claquant des dents.

— On est venus t'encourager, dit Brady.

— Mais... je... et la partie de hockey? dit Charlie.

— On peut battre les Dragons n'importe quand, réplique Tess. Tu fais partie de notre équipe, et les coéquipiers doivent se serrer les coudes.

Avant que Charlie entre en scène, les Ricochons entonnent leur cri de ralliement :

« C'est nous les Ricochons!
Charlie est un champion!
Il bloque la rondelle
aussi bien qu'il épelle! »

Charlie se débrouille très bien quand les Ricochons quittent le gymnase pour se rendre à l'aréna. Avant de sortir, Brady lève le pouce pour encourager son ami.

Les joueurs lacent leurs patins en silence. Les Ricochons souhaitent que Charlie gagne le championnat, mais ils avaient secrètement espéré qu'il arriverait à temps pour la partie. Maintenant, ils vont devoir jouer sans lui. Encore une fois.

Tout à coup, l'entraîneur entre dans le vestiaire.

— Écoutez, tout le monde! annonce-t-il. Je voudrais que vous sachiez que Charlie est...

Les Ricochons poussent des cris de joie en voyant Charlie entrer en trombe. Il brandit une énorme médaille et un certificat encadré!

— Super! Tu as gagné! s'exclame Brady.

— Oui! réplique Charlie en souriant. Mais je n'aurais pas réussi sans mon équipe!

En entrant avec ses coéquipiers sur la patinoire, Brady met son bras sur les épaules de son ami.

— Au fait, j'ai oublié de te demander. Quel était le mot qui t'a fait gagner?

— Loyauté, répond Charlie avec un sourire.

— Et ça s'écrit comment?

— R-I-C-O-C-H-O-N-S! épelle-t-il.

Charlie est de retour, et la saison s'annonce excellente!